VENTE DU VENDREDI 6 FÉVRIER 1885

HOTEL DROUOT, SALLE N° 5

ÉMAUX DE LIMOGES

Bijoux, Miniatures, Tabatières

SCULPTURES — PORCELAINES

OBJETS VARIÉS

Le tout appartenant à M. ***

EXPOSITION PUBLIQUE

LE JEUDI 5 FÉVRIER 1885

COMMISSAIRE-PRISEUR	EXPERT
Me Paul CHEVALLIER	M. Charles MANNHEIM
10, rue Grange-Batelière, 10.	7, rue Saint-Georges, 7.

HOMO
ADDITVS
NATVRAE
IMPRIMERIE DE L'ART

CATALOGUE

D'ANCIENS

ÉMAUX DE LIMOGES

Peints en grisaille et en couleurs

PAR

KIP, MARTIN DIDIER DIT PAPE, LÉONARD LIMOUSIN
PIERRE RAYMOND, JEAN ET FRANÇOIS LIMOUSIN
JEAN ET NOEL LAUDIN, ETC.

BIJOUX — MINIATURES — TABATIÈRES

Sculptures en bois et en ivoire

PORCELAINES DE SÈVRES ET DE SAXE

BRONZES ET OBJETS VARIÉS

Le tout appartenant à M. ***

ET DONT LA VENTE AURA LIEU

HOTEL DROUOT, SALLE N° **5**

Le Vendredi 6 Février 1885

A DEUX HEURES

Par le Ministère de Me Paul CHEVALLIER, commissaire-priseur,
10, rue de la Grange-Batelière, 10
Assisté de M. Charles MANNHEIM, expert, 7, rue St-Georges

Exposition publique : Le Jeudi 5 Février 1885

DE UNE HEURE A CINQ HEURES

CONDITIONS DE LA VENTE

Elle sera faite au comptant.

Les adjudicataires payeront *cinq pour cent* en sus des enchères.

L'exposition mettant le public à même de se rendre compte de l'état des objets, il ne sera admis aucune réclamation une fois l'adjudication prononcée.

Paris. — Imp. de l'Art. E. Ménard et J. Augry
41, rue de la Victoire, 41

DÉSIGNATION DES OBJETS

ÉMAUX DE LIMOGES

1 — Jolie petite plaque ronde. Peinture en grisaille sur fond noir, par Kip, et portant les deux lettres KI., sigle de l'artiste. Elle représente une *Pietà*. Le Christ mort est soutenu par saint Joseph et entouré par Madeleine, saint Jean et divers autres personnages.

2 — Autre jolie plaque cintrée à sa partie supérieure. Peinture en grisaille sur fond noir avec rehauts de dorure, par Kip, représentant le sujet de la Descente de croix. La signature de l'artiste se lit au bas de la plaque à droite. Elle est encadrée d'un travail de passementerie en soie et or.

3 — Plaque rectangulaire en hauteur. Peinture en grisaille, chairs légèrement teintées, par Martin Didier, dit Pape. Elle représente saint Jean prêchant.

4 — Plaque cintrée à sa partie supérieure et provenant d'un baiser de paix. Peinture en émaux de couleurs sur fond noir avec rehauts d'or. XVIe siècle. Elle représente le Christ en croix entre saint Jean et Madeleine. Une femme de qualité portant une curieuse coiffure est agenouillée au pied de la croix. Cadre en bois noir rehaussé de dorure.

5 — Plaque rectangulaire en hauteur. Peinture en grisaille, chairs teintées, par MARTIN DIDIER, dit PAPE, et portant ses initiales. Elle représente le Christ en croix entre saint Jean et Madeleine.

6 — Salière hexagone peinte en émaux de couleur sur fond noir avec rehauts d'or. XVIe siècle. Sur chaque face une figure d'enfant debout. Dans chacune des cavités, un buste de profil entouré de fleurs et de feuillages.

7 — Piédouche provenant d'une salière. Peinture en grisaille teintée, par PIERRE RAYMOND, représentant le XIXe chapitre de la Genèse et portant un écusson armorié émaillé en couleur.

8 — Baiser de paix cintré à sa partie supérieure. Peinture en grisaille teintée sur fond noir

représentant le Christ en croix entre saint Jean et Madeleine. XVIe siècle. Dans sa monture du temps en acier.

9 — Autre baiser de paix de même forme, peint en grisaille teintée avec rehauts de couleurs sur fond noir et attribué à PIERRE RAYMOND. Monture en cuivre doré, à balustres surmontés de figurines.

10 — Petite plaque ronde peinte en grisaille sur fond noir et attribuée à PIERRE RAYMOND. Elle représente un cavalier au galop. On lit au pourtour en caractères dorés : BASTOR SOSINVS.

11 — Deux médaillons ovales peints en grisaille sur fond noir avec rehauts d'or, représentant les bustes de Vénus et d'Hercule. XVIe siècle.

12 — Deux plaques rectangulaires en hauteur, peintes en émaux de couleur sur fond rouge et représentant des scènes tirées des Travaux d'Hercule.

13 — Plaque rectangulaire en hauteur. Peinture en émaux de couleur et sur paillons avec rehauts d'or, par JEAN LIMOUSIN. Elle représente la Vierge vue à mi-corps présentant une fleur à l'Enfant Jésus qu'elle tient sur son

bras droit. Dans l'angle inférieur gauche sont des armoiries surmontées d'un casque à cimier.

14 — Deux plaques en hauteur. Peintures en émaux de couleur représentant, l'une, le Christ devant Pilate ; l'autre, la Présentation au peuple. XVIe siècle.

15 — Plaque carrée peinte en émaux de couleur sur fond noir avec rehauts d'or et de paillons. Elle représente le buste de Galba de profil à gauche et peut être attribuée à JEAN LIMOUSIN.

16 — Plaque rectangulaire en hauteur, peinte en émaux de couleurs. XVIe siècle. Pilate se lavant les mains.

17 — Plaque ovale peinte en émaux de couleurs et à paillons, représentant une sibylle debout. XVIe siècle. Dans un cadre à torsade en argent.

18 — Petit couvercle de coupe à bossettes ovales. Peinture en grisaille sur fond noir, par LÉONARD LIMOUSIN. A l'extérieur, bustes de profil en grisaille, séparés par des trophées d'armes et initiales LL. de l'artiste. A l'intérieur, bustes en camaïeu d'or séparés par des trophées d'armes et date de 1540.

19 — Deux plaques rectangulaires en hauteur, peintes en émaux de couleurs sur fond noir avec rehauts de dorure. xvie siècle. Bustes du Christ et de la Vierge.

20 — Plaque rectangulaire en hauteur, peinte en émaux de couleurs et rehaussée d'or. xvie siècle. Elle représente le Christ au mont des Oliviers.

21 — Plaque rectangulaire en hauteur, peinte en grisaille, par Pierre Raymond, 1542, et représentant une scène tirée de l'histoire du Christ.

22 — Petite plaque ronde attribuée à Pierre Raymond et peinte en émaux de couleurs. Elle représente le Christ en croix entre saint Jean et Madeleine.

23 — Plaque rectangulaire en largeur, peinte en émaux de couleurs, par François Limousin. Elle représente divers personnages se livrant aux travaux des champs. Les initiales de l'artiste se lisent au bas de la plaque à gauche.

24 — Deux plaques ovales en largeur, provenant d'une aumônière. Peintures en émaux de

couleurs sur fond noir, par Jean Laudin, représentant deux saintes femmes vues à mi-corps. On lit au revers de chacune d'elles : *Laudin, émailleur à Limoges, JL.*

25 — Douze plaques rondes peintes en grisaille sur fond noir avec rehauts d'émail vert et de dorure, attribuées à J. Laudin. Elles représentent les empereurs romains.

26 — Deux plaques rectangulaires en hauteur, peintes en émaux de couleurs, par Jean Limousin. Elles représentent deux jeunes femmes vues à mi-corps. Au-dessous de l'une on lit : *Margot*, sous l'autre le nom en partie effacé est illisible.

27 — Petite coupe à six lobes, par Jean Laudin. Le fond est décoré à l'intérieur d'une peinture en grisaille représentant un serment sur l'autel de l'hymen ; au pourtour, fleurs et oiseaux en couleurs sur fond blanc ; à l'extérieur, paysage en couleurs ; au fond et au pourtour fleurs et oiseaux en couleurs sur fond noir rehaussé de dorure.

28 — Petite coupe ovale allongée, peinte en émaux de couleurs sur fond noir. Au fond,

buste de Vierge de profil à gauche ; au pourtour, fleurettes en couleurs sur fond noir.

29 — Grande tasse sans anse sur pied bas, accompagnée d'une soucoupe, peintes en émaux de couleurs, par Noel Laudin. La tasse offre dans un médaillon le groupe de Vénus et Adonis ; on lit au-dessus de ce sujet : *Uenus ayme Adonis ;* un autre médaillon renferme des armoiries soutenues par deux lions héraldiques qui se détachent en couleurs sur fond bleu clair. Les entre-deux sont décorés de fleurs sur fond blanc. On lit au-dessus du pied : *N. Laudin lene emailleur faubour boucherie a Limoge.* La soucoupe offre le sujet de Pyrame et Thisbé dans une bordure de fleurs qui se détachent en couleurs sur fond blanc.

30-31 — Deux râpes à tabac attribuées à N. Laudin et peintes en émaux de couleurs sur fond blanc. Chacune d'elles est décorée d'un portrait de femme et de fleurs.

32-33 — Cinq plaques provenant d'aumônières, peintes en émaux de couleurs, par J. Laudin ; elles sont décorées des bustes de Judith, d'Antiope et de gens de qualité.

34 — Petite plaque ovale peinte en émaux de couleurs et attribuée à J. Laudin. Elle représente saint Jacques vu à mi-corps. Cadre en bois sculpté et doré.

35 — Plaque moderne peinte en émaux de couleurs et représentant la Cène.

BIJOUX

36 — Médaillon ovale en or de couleur ciselé du temps de Louis XVI. Il renferme une miniature sur ivoire représentant un portrait de jeune femme. Au revers, bas-relief sans fond en ivoire, encadré d'une couronne de fleurs en or de couleur.

37 — Flacon pirifôrme aplati, en argent finement ciselé et doré, du temps de Louis XIII.

38 — Applique sans fond en or émaillé, représentant un buste de femme de profil.

39 — Corbeille oblongue et à lobes, en cuivre émaillé, à sujets tirés du Nouveau Testament et fond brun rehaussé de vases de fleurs et d'ornements. Elle est garnie de quatre

chaînettes de suspension décorées de figures. Travail allemand.

40 — Miniature carrée sur ivoire : portrait d'homme. Elle est montée dans un médaillon en or offrant au revers de la miniature une Offrande à l'amour exécutée en or sur verre et appliquée sur fond de nacre.

41 — Deux nicolos représentant l'un un bige, l'autre une jument et son poulain. Ils sont montés dans des bagues dont l'une est en or et l'autre en argent.

42 — Intaille sur agate à deux couches représentant une figure debout. Travail antique. Elle est montée en bague d'or.

43 — Intaille sur sardoine orientale : Guerrier nu assis tenant une Victoire de sa main droite. Elle est montée en bague tournante en or.

44 — Bague en or avec cornaline gravée portant des armoiries.

45 — Deux bagues en or, l'une avec armoiries gravées et l'autre filigranée.

46 — Clef en argent à tête composée de deux cariatides ailées entre lesquelles sont les deux L enlacées surmontées de la couronne royale.

47 — Deux pièces : flacon en cuivre émaillé à fond vert quadrillé à fleurs et nécessaire incomplet en cuivre émaillé à fond rose.

48 — Bague marquise en or émaillé, ornée d'une miniature anglaise en grisaille. Époque Louis XVI.

49 — Trois bagues en argent : l'une ornée d'un émail à sujet d'après Greuze, une autre portant les initiales du Christ, et la dernière avec initiales et date de 1745.

50 — Quatre breloques en argent ciselé : pipe, groupe de singes formant cachet, etc.

51 — Croix normande en or et stras.

52 — Deux pièces : étui formé d'une figurine de femme en argent et cachet tournant en cristal.

53 — Trois peintures sur émail : cuvette de montre émaillée sur or et représentant le sujet de l'enlèvement d'Europe, portrait de femme et sujet religieux.

54 — Deux pièces : armoiries églomisées sur verre et portant la date de 1596, et intaille sur cornaline, buste de profil.

55 — Cadran solaire en argent gravé de forme ovale. Il porte le nom de *Roch Blondeau, à Paris.*

56 — Couvert composé d'une cuiller, d'une fourchette et d'un couteau à manches en filigrane d'argent.

57 — Couvert analogue à celui qui précède, mais plus petit.

58 — Cuiller et couteau à manches émaillés, décorés de feuillages d'argent et de bustes en relief.

59 — Porte-bouquet en forme de corne d'abondance, en argent doré, émaillé à froid et enrichi de pierreries.

60 — Deux pièces en argent : cassolette guillochée et hochet en cristal garni d'une chaînette en argent.

61 — Deux étuis en argent formant cachet.

62 — Trois pièces : tire-bouchon de poche en

argent et deux flacons en cristal décorés d'ornements dorés.

63 — Deux salières en émail de Saxe à fond rose et médaillons de fleurs.

64 — Cuiller, couteau et fourchette en argent doré. Les manches se terminent par des bustes de femmes.

65 — Peinture sur émail en hauteur et à angles coupés. Portrait de jeune femme de profil à gauche, le sein découvert, par Kanz.

66 — Éventail en nacre de perle sculptée et dorée, avec feuille peinte représentant une scène champêtre.

67 — Deux miniatures rondes sur ivoire : portraits d'enfants.

68 — Médaillon ovale en verre à plusieurs couches, simulant un camée et représentant le buste de Molière de profil à gauche. Dans un cadre en bois sculpté et doré.

TABATIÈRES & BONBONNIÈRES

69 — Boîte oblongue en émail à fond blanc semé de fleurettes rapportées en or et émaux de couleur. Elle est montée en argent doré. Époque Louis XV.

70 — Boîte haute à deux ouvertures en émail de Saxe à fond blanc et décorée d'arabesques dorées. Même époque.

71 — Boîte ovale en jaspe verdâtre tirant sur le bleu.

72 — Boîte de forme contournée garnie de deux plaques de jaspe sanguin reliées par une monture en argent gravé et doré.

73 — Boîte de forme analogue, composée de deux plaques d'agate orientale reliées par une monture en argent gravé et doré.

74 — Grande boîte oblongue en nacre de perle sculptée en bas-relief à sujets mythologiques; elle est montée en argent. XVIIIe siècle.

75 — Petite boîte carrée en nacre de perle unie,

montée en cuivre. Le dessus est formé d'une peinture sur émail représentant un sujet champêtre.

76 — Boîte oblongue à angles arrondis, en argent. Le dessus et le fond sont formés de plaques de cristal de roche taillées à biseaux.

77 — Petite boîte ovale en écaille. Le dessus est décoré de fleurs et d'une grecque incrustées en or de couleur.

78 — Deux boîtes hautes, l'une oblongue, l'autre ovale, en écaille incrustée de figures et d'ornements en argent gravé. Elles sont montées en argent.

79 — Boîte carrée en émail de Saxe à fond blanc, décorée de figures, de fleurs et de rinceaux en or et couleurs. Monture en argent gravé.

80 — Boîte oblongue à angles arrondis, en granit vert. Le dessus est incrusté d'une mosaïque de Rouen représentant le Forum.

81 — Grande boîte ovale et plate montée en argent doré.

82 — Deux drageoirs en ivoire, l'un d'eux clouté d'argent et l'autre en forme de coquille.

83 — Boîte ovale et haute en émail de Battersea à fond bleu et médaillons de paysages encadrés de dorure.

84 — Boîte ovale en cuivre émaillé à fleurs polychromes au pourtour et paysage sur le couvercle.

85 — Petite boîte en forme de corbeille, en cuivre émaillé, à décor imitant la vannerie et à paysage avec ornements et figures sur le couvercle.

86 — Deux boîtes rondes en cuivre émaillé à paysages et fleurs, l'une à fond vert et l'autre à fond blanc.

87 — Tabatière oblongue en bois sculpté en bas-relief et offrant au pourtour et sur le dessus des scènes de concert. Époque Louis XV.

88 — Trois boîtes : l'une ovale, en ambre ; une autre à deux tabacs, en cuivre émaillé à paysages et fleurs, et la dernière en Brunswick.

89 — Boîte formée d'une coquille montée en argent.

SCULPTURES

90 — Bois. Cuiller dont le manche et le cuilleron sont couverts de sculptures en bas-relief, représentant des sujets religieux. Travail hollandais.

91 — Bois. Gaine de couteau, décorée sur toute sa surface de bas-reliefs représentant des sujets tirés de l'Ancien et du Nouveau Testament et portant la date de 1596.

92 — Bois. Affiquet représentant le sujet du Sacrifice d'Abraham en ronde bosse.

93 — Bois. Deux pièces : coupe oblongue à anse serpent, décorée au pourtour d'un sujet de chasse et d'armoiries et portant l'inscription : Fait par Jv. Marchais, et bas-relief sans fond représentant deux colombes et divers attributs. On lit sur un médaillon : *Souvient toy de ma tendraise.*

94 — Ivoire. Petit cippe décoré au pourtour d'un sujet de chasse sculpté en bas-relief.

95 — Ivoire. Deux médaillons ovales représen-

tant en bas-relief le Baptême du Christ par saint Jean et l'Éducation de la Vierge par sainte Anne. Cadres en bois et ivoire.

96 — Ivoire. Amorçoir indien, sculpté à fleurs, oiseaux et animaux.

97 — Ivoire. Amorçoir moderne, décoré de rinceaux, de sujets de chasse, etc.

98 — Ivoire. Râpe à tabac, formant boîte, terminée par une double tête de lion.

99 — Ivoire. Cinq pièces : deux manches formés de figurines debout; deux pommes de cannes dont l'une formée d'un buste d'homme et l'autre d'une tête de chien, et petite cuiller à manche orné de figurines.

100 — Ivoire. Coupe en forme de fruit avec branchages et fleurs formant anse. Travail chinois.

101 — Terre cuite antique. Figurine de femme drapée, conservant des traces de peinture et dont la tête a été rapportée.

102-105 — Ivoire. Dix-sept boutons japonais,

représentant des sujets variés. Ce lot sera divisée.

106 — Bois. Six boutons japonais de formes variées.

PORCELAINES

107 — Cabaret en ancienne porcelaine de Sèvres pâte tendre, décoré de médaillons ovales renfermant des roses sur fond brun et de festons de fleurs placés entre des compartiments bleus striés de lignes d'or verticales. Il se compose d'un sucrier, d'un pot à crème et de deux tasses avec soucoupes.

108 — Tasse de forme arrondie avec soucoupe en vieux Sèvres pâte tendre, décor dit : *feuilles de choux*.

109 — Tasse haute à anse et de forme arrondie, en vieux Sèvres pâte tendre, décorée de bouquets de roses entourés de couronnes de feuillages d'or.

110 — Petite tasse droite avec soucoupe en vieux Sèvres pâte tendre, décorée de festons

de fleurs et de feuillages; au bord, compartiments à fond violacé rehaussé de quadrillages.

111 — Cabaret en ancienne porcelaine de Saxe, à ornements gaufrés en relief rehaussés de couleurs et formant encadrements à des médaillons de paysages avec figures très finement traités. Il se compose de six tasses hautes à anse et avec soucoupes, d'une théière et d'un sucrier. Belle qualité.

112 — Sucrier de forme sphérique surbaissée, à trois pieds bas, en ancienne porcelaine du Japon, décoré de fleurs en bleu, rouge et or.

113 — Ménagère oblongue en faïence à décor bleu et rouille.

BRONZES & OBJETS VARIÉS

114 — Statuette d'écorché d'après Michel-Ange. Bronze ancien.

115 — Nœud de croix en cuivre repoussé, orné de huit médaillons ronds peints sur émail et représentant des bustes de saints personnages. XVIe siècle.

116 — Cadran solaire de forme circulaire, en cuivre gravé, portant le nom de : *Butterfield à Paris*.

117 — Mouchettes et porte-mouchettes en bronze doré de style Renaissance.

118 — Deux petits pistolets du temps de Louis XV, garnis en argent avec canons bleuis et damasquinés d'or portant le nom de *Puiforcat à Paris*. Les batteries ont été remplacées par des batteries à piston.

119 — Petit buste d'Empereur romain, en bronze doré. Italie, XVIe siècle.

120 — *Pietà*. Bas-relief en bronze doré. Le Christ mort est soutenu par sa mère assise.

121 — Statuette en bronze, portant des traces de dorure. La Vierge debout, couronnée et vêtue de long. XIVe siècle.

122 — Tête de chimère, la gueule ouverte. Ancien bronze chinois.

123 — Trois appliques en bronze : Suivant de Bacchus debout et musiciens. Ces deux dernières pièces forment porte-montre.

124 — Quatre cadres en bronze surmontés de groupes de fleurs. Deux sont de forme ovale et les deux autres sont ronds.

125-129 — Lot de bronzes antiques : anses de vases, mascarons, tête de bœuf, statuettes, fibules, agrafes et fragments divers.

130 — Trois haches antiques, en bronze.

www.ingramcontent.com/pod-product-compliance
Ingram Content Group UK Ltd.
Pitfield, Milton Keynes, MK11 3LW, UK
UKHW020231180726
13838UKWH00005B/2328